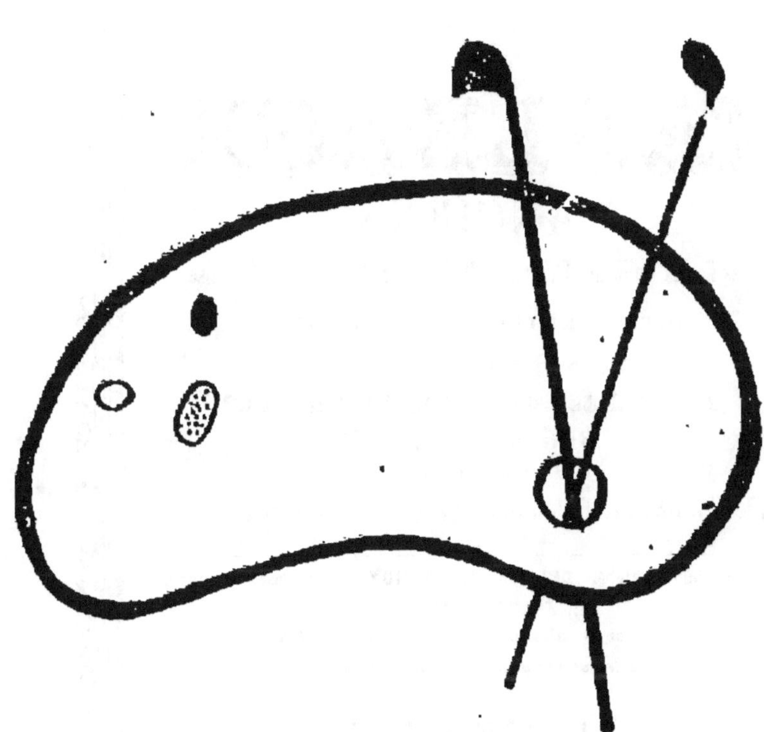

DEBUT D'UNE SERIE DE DOCUMENTS
EN COULEUR

CATALOGUE

D'UNE

NOMBREUSE COLLECTION

de bons

TABLEAUX

ANCIENS

Des Écoles Italienne, Flamande, Hollandaise, Française & Anglaise

RÉCEMMENT ARRIVÉS DE L'ÉTRANGER

DONT LA VENTE AURA LIEU

HOTEL DES COMMISSAIRES-PRISEURS

Rue Drouot, n° 5

GRANDE SALLE N° 7

Le Vendredi 16 Novembre 1860, à 1 heure très-précise.

Par le ministère de Me DELBERGUE-CORMONT, Commissaire-Priseur,
rue de Provence, 8.

Assisté de M. DHIOS, Expert, 33, rue Le Peletier.

Chez lesquels se distribue le présent Catalogue.

EXPOSITION PUBLIQUE

Le Jeudi 15 Novembre 1860, de midi à 5 heures.

PARIS

RENOU & MAULDE

IMPRIMEURS DE LA COMPAGNIE DES COMMISSAIRES-PRISEURS
RUE DE RIVOLI, 144,

1860

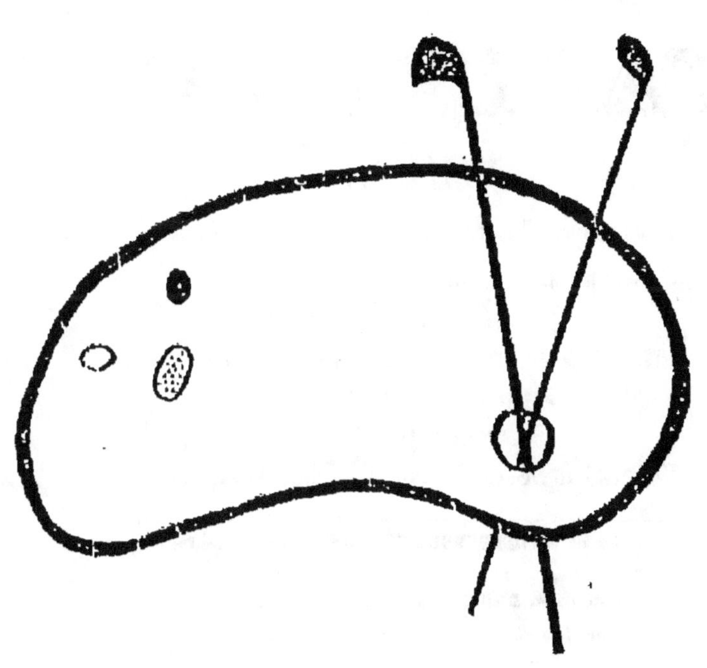

FIN D'UNE SÉRIE DE DOCUMENTS
EN COULEUR

CATALOGUE

D'UNE

NOMBREUSE COLLECTION

de bons

TABLEAUX

ANCIENS

Des Écoles Italienne, Flamande, Hollandaise, Française & Anglaise

RÉCEMMENT ARRIVÉS DE L'ÉTRANGER

DONT LA VENTE AURA LIEU

HOTEL DES COMMISSAIRES-PRISEURS

Rue Drouot, n° 5

GRANDE SALLE N° 7

Le Vendredi 16 Novembre 1860, à 1 heure très-précise.

Par le ministère de M° **DELBERGUE-CORMONT**, Commissaire-Priseur, rue de Provence, 8.

Assisté de M. **DHIOS**, Expert, 33, rue Le Peletier.

Chez lesquels se distribue le présent Catalogue.

EXPOSITION PUBLIQUE

Le Jeudi 15 Novembre 1860, de midi à 5 heures.

PARIS

RENOU & MAULDE

IMPRIMEURS DE LA COMPAGNIE DES COMMISSAIRES-PRISEURS

RUE DE RIVOLI, 144.

1860

CONDITIONS DE LA VENTE

———

Elle sera faite au comptant.

Les acquéreurs paieront, en sus des adjudications, cinq pour cent applicables aux frais.

Les tableaux qui composent cette vente arrivent sans exception d'un pays étranger, quelques-uns sont dignes de fixer l'attention des amateurs. Parmi les plus remarquables, nous signalerons *une Foire dans le Campo-Vaccino*, par *Antoine Goubau*, une des compositions les plus importantes de ce peintre. *Jupiter et Antiope*, œuvre capitale par *le Padouan*; une sainte Cécile de *Guido Reni*. Beaux portraits par *A. Cuyp* et *Porbus;* une galerie de tableaux par *Sébastien Franck* et nombre de bons maîtres dans les diverses écoles.

Ayant reçu trop tard la caisse de tableaux dont les dimensions ne sont pas indiquées au catalogue, nous n'avons pu vérifier l'exactitude des attributions. Nous les rectifierons au moment de la vente, s'il y a lieu.

DÉSIGNATION

DES TABLEAUX

***

ALBANE

1 — La Toilette de Psyché.

H. 00 c. L. 00 c.

DU MÊME

2 — Nymphes coupant les ailes à l'Amour.

H. 00 c. L. 00 c.

ANGÉLICA KAUFFMAN

3 — Le Flambeau de l'Amour.

Toile ovale.—H. 64 c. L. 76 c.

DU MÊME

4 — La Justice.

H. 00 c. L. 00 c.

ASSELYN (Jean).

5 — Paysage orné de figures.

Effet de soleil couchant.

Toile.—H. 47 c. L. 78 c.

BELLINI (Jean).

6 — Le Mariage mystique de sainte Catherine.

Bois.—H. 75 c. L. 55 c.

BERGHEM (Nicolas).

7 — Paysage.

Près d'une mare, des bergers viennent faire abreu-
ver des vaches ; sur le bord, une femme lave du linge ;
dans le fond, un monument en ruines.

Bois.—H. 35 c. L. 48 c.

BERKEYDEN.

8 — Vue d'Amsterdam.

Toile.—H. 65 c. L. 80 c.

BOUCHER.

9 — Enfants jouant avec des colombes.

Toile.—H. 112 c. L. 86 c.

DU MÊME.

10 — Enfants jouant avec des fleurs.

H. 90 c. L. 90 c.

DU MÊME.

— 11 — Fête du dieu Pan.

H. 00 c. L. 00 c.

BOUCHER (école de).

12 — Les Amants surpris.

Toile.—H. 29 c. L. 23 c.

DU MÊME.

13 — L'Oiseau qui s'envole.

(Pendant du précédent.)
Toile.—H. 29 c. L. 23 c.

BOUCHER (genre de).

14 — Baigneuse surprise par un berger.

Toile ovale.—H. 62 c. L. 84 c.

BOURGUIGNON (Jacques Courtois dit le).

15 — Bataille de cavalerie.

Toile.—H. 92 c. L. 29 c.

BREUGHEL.

16 — Paysage avec chasseurs.

Bois.—H. 49 c. L. 35 c.

BRIL (Paul).

17 — Paysage. La Tentation du Christ.

Bois.—H. 16 c., forme circulaire. (Pendant du précédent).

DU MÊME.

18 — Paysage avec vue de ville et figures sur le premier plan.

(Pendant du précédent.)

BROOKING (élève de Van de Velde).

19 — Marine. Mer calme avec vaisseau de haut bord.

Toile.—H. 63 c. L. 100 c.

CALLOT (attribué à).

20 — Près d'un temple en ruines on voit une nombreuse assemblée de gens de toutes qualités.

Toile.—H. 41 c. L. 55 c.

DU MÊME.

21 — Même genre de composition.

(Pendant du précédent.)

Toile.—H. 41 c. L. 55 c.

CUYP (Albert).

22 — Extérieur de ferme où l'on voit une jeune villageoise occupée à traire des brebis, près d'elle un chien; sur le devant à gauche une vache couchée; dans le fond on aperçoit un village.

Bois.—H. 49 c. L. 65 c.

DU MÊME.

81   — 23 — Vue de la plage de Scheveling avec pêcheurs
retournant au village.

Bois.—H. 94 c. L. 129 c.

DU MÊME.

— 24 — Portraits d'enfants dans un paysage.

Au centre et debout est l'aîné des quatre enfants
peints dans ce tableau ; à sa gauche, son frère cadet
lui présente un lièvre qu'un chien semble convoiter ;
à droite, sa jeune sœur est assise ; près d'elle se tient
le plus jeune des enfants caressant un Loue.

Riches costumes. Composition importante.

Toile.—H. 188 c. L. 149 c.

DU MÊME.

— 25 — Cavaliers et bestiaux traversant un pont.

Bois.—H. 60 c. L. 87 c.

DE HEEM (David).

26 — Fruits divers posés sur une table.

Bois.—H. 28 c. L. 36 c.

DE HEEM (Jean-David).

27 — Fruits, plantes, homard et nature morte
posés sur une table.

Toile.—H. 77 c. L. 61 c.

DEL SARTE (école de ANDREA).

— 28 — Sainte Agnès.

Bois.—H. 32 c. L. 25 c.

DOLCI (CARLO).

— 29 — Le Christ portant la croix.

Toile.—H. 77 c. L. 63 c.

DU MÊME.

— 30 — Tête du Christ.

Cuivre, forme octogone.—H. 19 c. L. 15 c.

DOMKER (1645, signé H.).

— 31 — Le Jugement de Pâris.

Bois.—H. 21 c. L. 22 c.

DROLLING.

— 32 — La Lecture. Scène d'intérieur.

Bois.—H. 54 c. L. 43 c.

DUC (JEAN LE).

— 33 — Un Joueur de guitare.

B.—H. 25 c. L. 31 c.

DYCK (attribué à VAN).

— 34 — Portrait du duc Henry de Nassau.

Il est debout et en costume de guerre.

Toile.—H. 125 c. L. 90 c.

ÉVERDINGEN.

35 — Paysage avec cascade et rochers.

Toile.—H. 86 c. L. 62 c.

DU MÊME.

36 — Paysage avec torrents.

H. 00 c. L. 00 c.

FRANCK (Sébastien).

37 — Intérieur d'une galerie de tableaux.

Les plus célèbres peintres de l'école flamande sont représentés dans cette composition par environ quarante tableaux imités avec une grande perfection. Sur le devant, on voit une jeune et belle femme assise devant une table couverte d'objets d'art précieux; un Amour lui présente un miroir; au bout de la table un autre tient une corbeille de fleurs; sur le devant du tableau posés par terre, on voit une quantité d'accessoires ayant trait aux sciences et aux arts; dans le fond, placées des statues.

Notre avis est que ce tableau est l'œuvre la plus importante que Sébastien Franck ait produite en ce genre.

Toile.—H. 136 c. L. 200 c.

GOUBAU (Antoine).

38 — Une foire dans le Campo-Vaccino.

L'artiste a réuni dans ce tableau les plus beaux monuments de Rome. Il y a dans cette superbe composition un nombre considérable de figures, personnages de qualité, marchands de légumes, de comestibles, charlatans, etc.

Nous croyons pouvoir affirmer, sans craindre d'être contredit, que ce tableau est l'œuvre la plus importante d'Antoine Goubau. Le musée d'Anvers possède deux pages assez importantes de ce maître, mais qui sont loin d'avoir l'importance de ce tableau, digne de figurer dans une galerie publique.

Toile.—H. 166 c. L. 202 c.

GRIMOUX.

39 — Portrait d'une jeune espagnole richement costumée.

Toile.—H. 66 c. L. 54 c.

GUASPRE POUSSIN.

40 — Paysage historique.

Toile.—H. 32 c. L. 44 c.

GUERCHIN (école du).

41 — La Madeleine.

Cuivre ovale.—H. 15 c. L. 19 c.

GUIDO RENI.

42 — Sainte Cécile chantant les louanges du Seigneur.

Toile.—H. 167 c. L. 122 c.

GUIDO RENI (attribué à).

— 43 — Buste de la Vierge.

Toile.—H. 66 c. L. 50 c.

HAMILTON

— 44 — Chien chassant des canards.

Toile.—H. 26 c. L. 34 c.

HELMONT (Van).

— 45 — Le Renard jugé.

H. 00 c. L. 00 c.

HEEMSKERCK.

— 46 — Intérieur d'un cabaret.

Sur le premier plan, plusieurs buveurs attablés font une partie de cartes.

Toile.—H. 60 c. L. 68 c.

HEMMELING.

— 47 — Portrait de Jésus et de la Vierge; dans le fond une ville.

Bois.—H. 48 c. L. 64 c.

HULLEN, signé.

— 48 — La Lecture d'un testament. Scène d'intérieur

B.—H. 49 c. L. 42 c.

ISABEY.

49 — Marine.

H. 00 c. L. 00 c.

JEANSENS.

50 — Dame et Cavalier assis à l'entrée d'un parc.

Toile.—H. 44 c. L. 58 c.

KLOMP (ALBERT).

51 — Paysage et animaux.

Près d'un grand arbre, on voit un taureau debout, une vache couchée et deux brebis.

Tableau de la plus belle qualité.

Toile.—H. 109 c. L. 144 c.

KONNING (PHILIPPE).

52 — Paysage au centre duquel coule une rivière traversée par un pont sur lequel on voit un homme à cheval; sur la gauche un massif de grands arbres, à droite terrains élevés. Sur le premier plan quelques figures.

Toile.—H. 99 c. L. 101 c.

KRAESBEKE.

53 — Concert rustique. Scène d'intérieur.

Bois.—H. 40 c. L. 56 c.

KOBELL.

54 — Paysage avec figures et animaux.

B.—H. 34 c. L. 27 c.

LANCRET.

55 — La Dormeuse.

H. 00 c. L. 00 c.

LAIRESSE (GÉRARD DE).

56 — Groupe de femmes dans un jardin.

H. 00 c. L. 00 c.

LOCATELLI.

57 — Paysage.

Sur le premier plan, à droite, un pâtre conduit un troupeau de bœufs et de moutons qui se dirigent vers des montagnes et des ruines ; sur la gauche, une rivière qui vient tomber en cascades ; dans le fond, une ville.

Toile.—H. 91 c. L. 130 c.

DU MÊME.

58 — Paysage, site italien.

Au centre, une rivière avec cascades ; sur le devant, un pêcheur ; à gauche, sur un chemin qui conduit à des rochers, un homme avec un chien.

Toile.—H. 126 c. L. 153 c.

MAAS (signé Dirck).

59 — Halte de Cavaliers à la porte d'une hôtellerie.

Cuivre.—H. 18 c. L. 24 c.

METSIS (Quentin).

— 60 — Savant étudiant la phrénologie.

Bois.—H. 42 c. L. 28 c.

MIÉRIS (école de Guillaume).

61 — Vieille femme offrant des présents à une jeune fille.

Cuivre.—H. 17 c. L. 13 c.

MIGNARD.

62 — Portrait d'une jeune dame de distinction ; un nègre lui présente des fleurs.

Toile.—H. 128 c. L. 104 c.

MIREVELT.

63 — Jeune fille riant.

Bois.—H. 38 c. L. 33 c.

MOUCHERON.

64 — Paysage orné de figures par *Linghelbach*.

Effet de soleil couchant.

Toile.—H. 54 c. L. 67 c.

MOUCHERON (F.).

65 — Paysage traversé par un chemin où passent des villageois.

Toile.—H. 41 c. L. 32 c.

MURILLO (attribué à Bartholoméo-Esteban).

66 — L'Assomption de la Vierge.

Composition capitale.

Toile.—H. 137 c. L. 175 c.

MARATTI (Carlo).

67 — Saint Louis de Gonzague tenant l'Enfant Jésus dans ses bras.

Toile.—H. 74 c. L. 59 c.

NEER (signé Arnold Van der).

68 — Canal glacé avec patineurs.

Toile.—H. 48 c. L. 59 c.

NEER (manière de Van der).

69 — Le Passage du bac.

Effet du soir.

Bois.—H. 40 c. L. 63 c.

NELLER.

— 70 — Portrait d'un personnage du siècle de Louis XIV.

A sa droite, on voit un chien qu'il caresse de la main.

Toile.—H. 107 c. L. 102 c.

NETSCHER (Constantin).

— 71 — Portrait de jeune fille jouant avec un chien.

Toile.—H. 56 c. L. 46 c.

NETSCHER (école de).

— 72 — Portrait d'un gentilhomme.

Toile.—H. 47 c. L. 37 c.

NETSCHER (genre de Gaspard).

— 73 — La Leçon de musique. Scène d'intérieur de trois figures.

Bois.—H. 32 c. L. 26 c.

NIÉMAN (signé).

— 74 — Paysage avec mare d'eau où l'on voit des canards et oiseaux de différentes espèces.

Toile.—H. 64 c. L. 83 c.

OSTADE (attribué à).

— 75 — Le Savetier.

Bois.—H. 25 c. L. 22 c.

OSTADE (attribué à ADRIEN VAN).

— 76 — Le Buveur galant.

Toile.—H. 53 c. L. 42 c.

OSTADE (genre d'ADRIEN VAN).

— 77 — Intérieur de cabaret.

Bois.—H. 20 c. L. 25 c.

OSTADE (d'après ADRIEN).

78 — Intérieur de famille.

H. 00 c. L. 00 c.

PADOUAN (ALEXANDRE VAROTARI, dit LE).

79 — Jupiter et Antiope.

Très-belle composition du maître.

Toile.—H. 150 c. L. 205 c.

PALAMÈDES.

—80 — La Partie de Musique.

Bois.—H. 54 c. L. 40 c.

PAREZ (1833, signé J.).

— 81 — Couple de faisans pendus sur un panneau.

Toile.—H. 79 c. L. 64 c.

PATEL (dans le goût de CLAUDE LORRAIN).

— 82 — Paysage. Marine.

Toile.—H. 56 c. L. 76 c.

POUSSIN.

— 83 — Paysage.

H. 00 c. L. 00 c.

PORBUS (François).

— 84 — Portrait en pied de Arabella Stuart.

Elle est debout et porte un riche costume; une large collerette en guipure orne son cou; sa coiffure est en pierres précieuses. Tous les détails du costume sont d'un détail très-fini.

Toile.—H. 116 c. L. 87 c.

PORBUS (école de).

— 85 — Portrait d'homme, époque de Henri III.

Toile.—H. 68 c. L. 57 c.

PRINS.

— 86 — Paysage.

Au premier plan, un pont de bois qui conduit à un village; au milieu, un chemin qui conduit à une grande prairie qui est close par des barrières en bois.

Composition animée de plusieurs figures.

Toile.—H. 66 c. L. 83 c.

PULIGO (Dominique).

— 87 — La Vierge tenant l'Enfant Jésus dans ses bras. Fond de paysage.

Bois.—H. 58 c. L. 43 c.

ROSA DE TIVOLI.

— 88 — Paysage avec animaux.

H. 00 c. L. 00 c.

ROSELLI.

— 89 — La Vierge et l'Enfant Jésus.

RUBENS (école de).

— 90 — La Vierge et l'Enfant Jésus.

Toile.—H. 43 c. L. 33 c.

RUBENS (école de).

— 91 — Saint Paul.

Toile.—H. 72 c. L. 55 c.

RUYSDAEL (JACQUES).

— 92 — Vue de la ville de Dordrecht.

Bois.—H. 52 c. L. 50 c.

DU MÊME.

— 93 — Paysage orné de figures.

H. 00 c. L. 00 c.

SCOOT (SAMUEL).

— 94 — Marine.

Toile.—H. 41 c. L. 72 c.

SHAYER (école anglaise):

95 — Les Petits Bûcherons.

Toile.—H. 45 c. L. 33 c.

RUTHARD (CHARLES).

96 — Chasse aux cerf.

Toile.—H. 64 c. L. 77 c.

SPRANGER (BARTHÉLEMY).

97 — L'Adoration des Bergers.

Riche composition.

Bois.—H. 118 c. L. 83 c.

TÉNIERS (attribué à DAVID).

98 — Les Moissonneurs.

Toile.—H. 93 c. L. 104 c.

TITIEN (attribué au).

99 — Vénus couchée.

Bois.—H. 53 c. L. 66 c.

TROOST (CORNÉLIUS).

100 — Réunion de personnages prenant le thé.

H. 00 c. L. 00 c.

UCHTERVELT.

101 — Jeune femme assise occupée à une broderie.

Devant elle, une table couverte d'un tapis où est posée une corbeille et un plat contenant un citron ; à ses pieds, un chien.

Bois.—H. 40 c. L. 33 c.

VANNI (FRANCESCO).

102 — Martyre de sainte Agathe.

Bois.—H. 144 c. L. 109 c.

VERNET (JOSEPH).

103 — Incendie d'une ville près de laquelle coule une rivière traversée par un pont.

Sur le devant du tableau, on voit un grand nombre de personnes qui cherchent à s'éloigner du lieu du sinistre.

Toile. — H. 73 c. L. 69 c.

VAN DE VELDE (attribué à ADRIEN).

104 — Intérieur d'un parc où l'on voit des personnages en promenade.

Sur le devant, près d'une pièce d'eau, une chèvre, un bouc et un mouton.

Toile.—H. 28 c. L. 35 c.

VAN DE VELDE (attribué à GUILLAUME).

105 — Marine avec vaisseaux de guerre.

Toile.—H. 59 c. L. 81 c.

VLIETH (Van).

106 — Intérieur d'une église protestante orné de
figures.

Bois.—H. 95 c. L. 85 c.

WATTEAU (composition gravée).

107 — Dans un paysage un jeune homme pince de
la guitare devant plusieurs dames der-
rière lesquelles on voit Pierrot et Arlequin.

Toile.—H. 69 c. L. 72 c.

WATTEAU (genre de).

108 — A l'ombre de grands arbres plusieurs groupes
de personnages se livrent au plaisir de
conversations amoureuses.

Bois.—H. 26 c. L. 31 c.

WATTEAU (composition dans le goût de).

109 — Repos dans la campagne.

Bois.—H. 18 c. L. 24 c

WEENIX.

110 — Nature Morte.

H. 00 c. L. 00 c.

WILSON.

111 — Paysage avec rivière.

Toile.—H. 39 c. L. 50 c.

WITH (Emmanuel de).

— 112 — Intérieur d'un temple protestant orné de
figures.

Toile.—H. 66 c. L. 79 c.

WOUVERMANS (attribué à).

— 113 — Le Maréchal Ferrant.

Toile.—H. 47 c. L. 61 c.

WYNANTS (genre de).

— 114 — Paysage avec cavaliers, dans le fond, une
rivière.

Toile.—H. 49 c. L. 64 c.

WYNTRACK.

— 115 — Paysage avec rivière où l'on voit des canards.

Toile.—H. 42 c. L. 68 c.

DU MÊME.

— 116 — Renard étouffant un cygne près d'un beau
massif d'arbres.

Toile.—H. 132 c. L. 157 c.

ÉCOLE ITALIENNE.

— 117 — La Vierge, Jésus, saint Jean et un Ange.

Bois.—H. 34 c. L. 41 c.

ÉCOLE ITALIENNE

118 — La Madeleine, portrait à mi-corps.

Toile. —H. 84 c. L. 65 c.

119 — Saint Jérôme en prière.

Toile.—H. 45 c. L. 36 c.

120 — Les Plaisirs de la Maternité.

Bois.—H. 22 c. L. 29 c.

121 — La Vierge assise sur un croissant au milieu des nuages tient l'Enfant Jésus dans ses bras.

Bois.—H. 30 c. L. 23 c.

122 — Andromède délivrée par Persée.

Toile.—H. 33 c. L. 46 c.

123 — La Charité.

Charmante composition dans le goût du Corrège.

Toile.—H. 59 c. L. 45 c.

ÉCOLE FLAMANDE.

124 — Paysanne revenant du marché portant des provisions.

Toile.—H. 100 c. L. 76 c.

ÉCOLE FLAMANDE.

— 125 — Scène de carnaval. Grisaille.

Bois.—H. 64 c. L. 91 c.

ÉCOLE FLAMANDE (signé).

— 126 — La Marchande de Légumes.

Bois.—H. 12 c. L. 26 c.

ÉCOLE HOLLANDAISE.

—127 — Pêches et Raisins.

Bois.—H. 29 c. L. 49 c.

ÉCOLE ALLEMANDE.

—128 — Le Christ mort soutenu par des saints.

Bois.—H. 49 c. L. 40 c.

ÉCOLE FRANÇAISE.

—129 — Vénus et Cupidon.

Bois.—H. 56 c. L. 42 c.

—130 — La Lettre d'amour.

Toile.—H. 65 c. L. 55 c.

— 131 — Portrait d'une dame lisant un morceau de
musique.

Toile.—H. 92 c. L. 72 c.

ÉCOLE FRANÇAISE.

132 — Portrait de Femme, époque Louis XV.

Toile.—H. 53 c. L. 39 c.

ÉCOLE ANGLAISE.

133 — Marine avec bateaux pêcheurs.

Bois.—H. 43 c. L. 60 c.

134 — Paysage avec berger conduisant un troupeau
de vaches et moutons.

Bois.—H. 50 c. L. 42 c.

135 — Le Bûcheron.

Forme de dessus de porte.

Toile.—H. 93 c. L. 95 c.

136 — Animaux à l'Abreuvoir.

Forme de dessus de porte.

Toile.—H. 93 c. L. 95 c.

137 — Paysage avec moulins.

Sur le devant, un homme et une femme conduisent
un âne.

Toile.—H. 60 c. L. 72 c.

ÉCOLE ANGLAISE.

138 — Portrait d'homme, époque Louis XVI.

Pastel ovale.—H. 60 c. L. 44 c.

ÉCOLE ANGLAISE.

— 139 — Pastorale.

Cuivre.—H. 28 c. L. 36 c.

INCONNUS.

— 140 — Mars et Vénus.

Toile.—H. 63 c. L. 76 c.

— 141 — Jeune Grecque.

H. 00 c. L. 00 c.

142 — Portrait d'un jeune prince.

H. 00 c. L. 00 c.

143 — La Trompette du jugement dernier.

144 — Le Jugement de Pâris.

Toile.—H. 93 c. L. 115 c.

RENOU et MAULDE, imprimeurs de la Compagnie des Commissaires-Priseurs, rue de Rivoli, 144.   1861

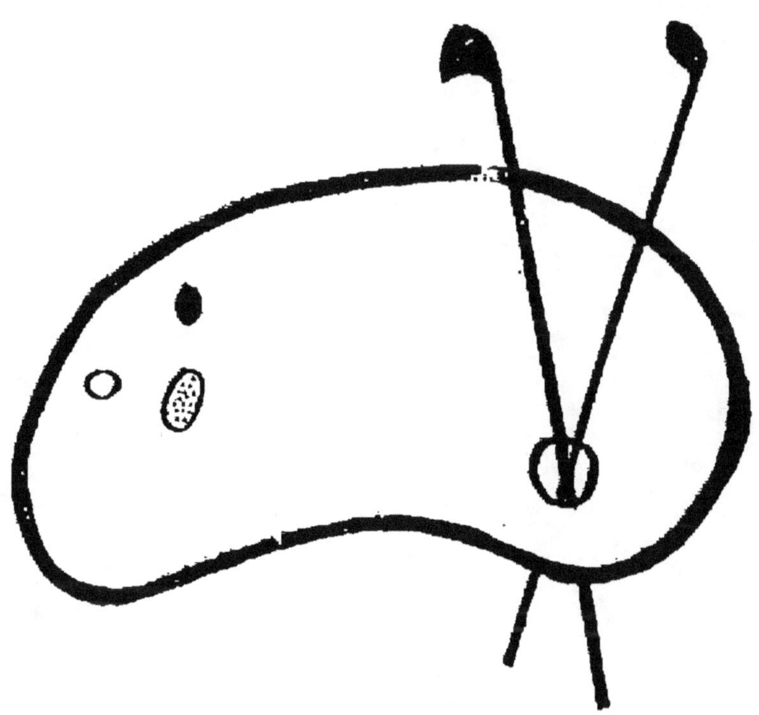